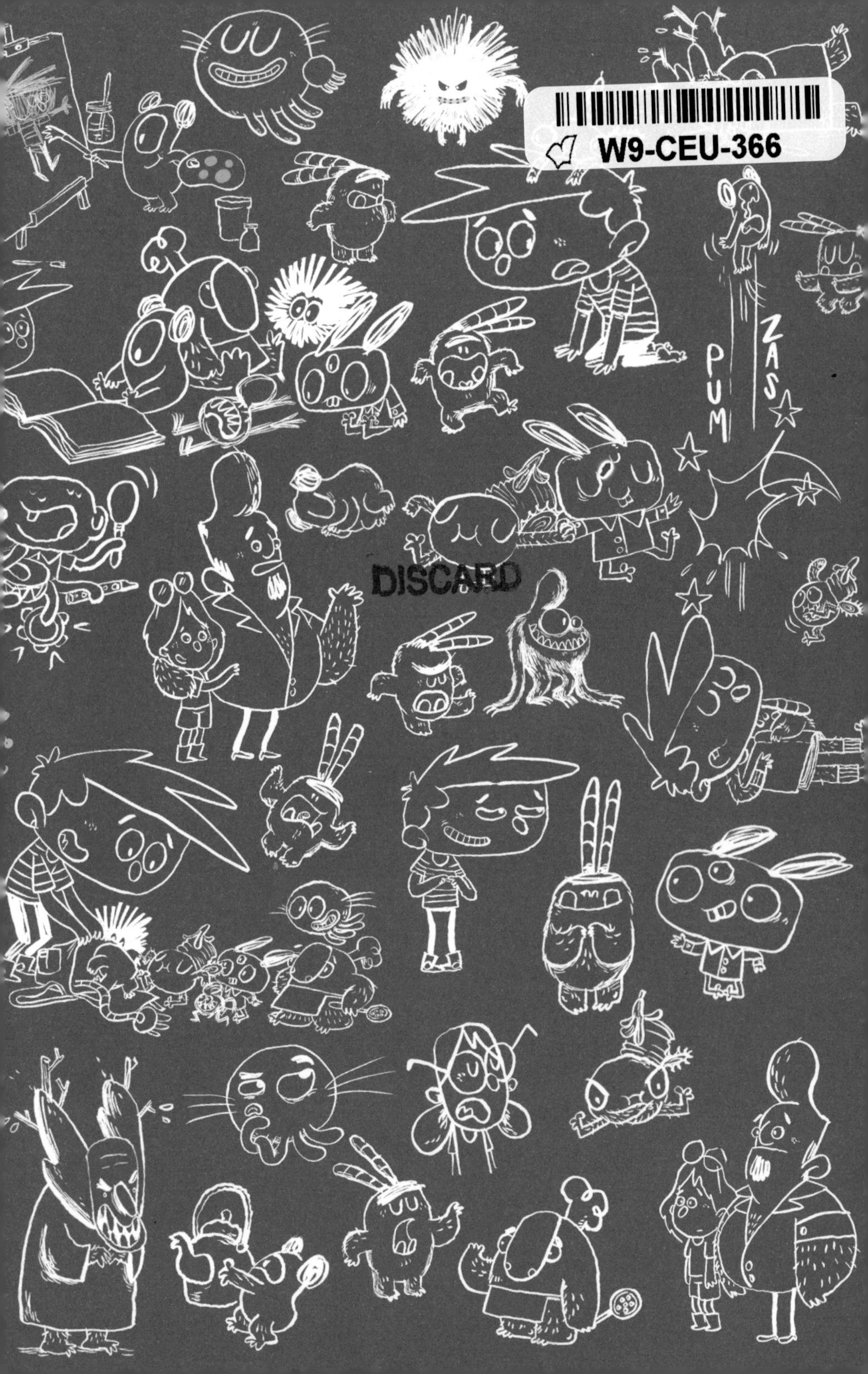
PUM
ZAS

¡LLEGA EL SR. FLAT!

© 2014, Jaume Copons, por el texto
© 2014, Liliana Fortuny, por las ilustraciones
© 2014, Combel Editorial, SA, por esta edición
Casp, 79 – 08013 Barcelona
Tel.: 902 107 007
combeleditorial.com
agusandmonsters.com

Diseño de la colección: Estudi Miquel Puig

Tercera edición: septiembre de 2015
ISBN: 978-84-9825-911-7
Depósito legal: B-16130-2014
Printed in Spain
Impreso en Índice, SL
Fluvià, 81-87 – 08019 Barcelona

¡LLEGA EL SR. FLAT!

JAUME COPONS &
LILIANA FORTUNY

COMBEL

1

¡QUÉ DÍA, AQUEL DÍA!

–¡U ordenas la habitación o un día de estos te tiro a la basura todo lo que esté desordenado! –gritaba mi madre.

Me había levantado hacía apenas cinco minutos y mi madre no paraba de insistir con su famosa canción «Ordena la habitación». Yo la escuchaba desde la cocina mientras terminaba de desayunar, y no pude evitar sonreír porque me vino a la cabeza la mejor respuesta que podía darle:

–¡Mamá, si quieres, la ordeno ahora! –salté.

Ella no dijo nada, claro. Los dos sabíamos que ya no quedaba tiempo porque tenía que irme a la escuela.

–La ordenaré cuando vuelva de clase –le aseguré mientras la oía refunfuñar.

¿Que ordene la habitación? ¿Yo? ¡Pero si ya la tengo ordenada!

Ordena la habitación,
ordena la habitación.
Hazlo por mí, hazlo por ti.
Hazlo por compasión, haz el favor
de ordenar tu habitación.

La verdad es que aquella manía de mi madre con el orden no tenía ninguna explicación, porque en realidad mi habitación tampoco estaba tan desordenada, o por lo menos eso es lo que a mí me parecía.

El día había empezado a gritos y no es que continuara mucho mejor. En cuanto llegué a la escuela me di cuenta de que todos mis compañeros iban de un lado para otro con unas carpetas azules.

Al final Lidia me explicó que teníamos que entregar todas las redacciones que habíamos escrito durante aquel trimestre. Pero... ¿cuándo lo habían dicho? ¿Y por qué yo no lo sabía? Siempre me pasan este tipo de cosas. Y a Lidia, que siempre lo hacía todo bien y en el momento oportuno, le parecía divertido.

Tengo que reconocer que lo peor de Lidia no es que fuera tan repelente y que le gustara que a los demás, y en especial a mí, las cosas nos fueran mal. Lo peor de Lidia es que era mi vecina, y no solo vivíamos en el mismo edificio, también vivíamos en el mismo rellano de escalera. Y era terrible, porque cada vez que Lidia se encontraba con mi madre le contaba las cosas que yo no había hecho y debería haber hecho o las cosas que había hecho y no debería haber hecho.

¡Menudo día! Primero mi madre con su cancioncilla de ordenar la habitación, y luego Lidia con sus redacciones. Pero la cosa aún no había terminado. Dos minutos después, Emma, la bibliotecaria de la escuela, se presentó en clase y, antes de que abriera la boca, ya supe que venía por mí.

El día anterior estuve jugando al escondite durante la hora del patio y me metí en la biblioteca. Cuando mis compañeros fueron a ver si me encontraban, salí corriendo para que no me vieran y, sin querer, tiré al suelo unos cuantos libros. Pensé que más tarde ya pasaría por la biblioteca para recogerlos, pero no lo hice. No me acordé.

Sí, tal como me temía, Emma me obligó a acompañarla a la biblioteca. Una vez allí, me extrañó bastante no verlo todo desordenado. Creí que ella quería que recogiera los libros, pero su mente perversa había pensado en un castigo mucho peor.

Los libros los recogí yo. Y como los tuve que recoger y ordenar, no pude hacer lo que tenía que hacer. Lo entiendes, ¿verdad?

Los libros están recogidos. ¿Puedo irme ya?

Pues... ¡No!

Ayer tenía que ordenar y limpiar el almacén de la biblioteca y no pude hacerlo. Y ahora ¿sabes quién me va a ayudar?

¡A ver, adivina!

¡No!... ¡Sí!... ¿Yo?

Mi trabajo consistía en llenar un montón de cajas de libros. Después tenía que dejarlas ordenadas y apiladas al lado de la puerta. ¡Realmente me pareció muy injusto!

Estuve trabajando un buen rato en el almacén. ¿Sabéis lo que puede llegar a pesar una caja llena de libros? Y no fue una, no. Fueron dos, tres, cuatro, cinco... Y cuando ya había llenado la sexta, lo vi allí. Era un muñeco de color anaranjado, no demasiado grande. Estaba cubierto de polvo pero era gracioso. Tenía la boca y los ojos muy grandes. Según cómo, a cuatro patas, podría haber pasado por un perro o un gato, pero tal como estaba colocado parecía más bien un pequeño yeti divertido o... o un monstruo.

Un buen rato más tarde, cuando tuve todas las cajas apiladas, llamé a Emma, quien, todo hay que decirlo, quedó muy contenta con mi trabajo, y le pregunté de quién era aquel muñeco de color naranja.

Al cabo de cinco minutos ya estaba otra vez en clase, pero tuve que esperar a que mis compañeros regresaran del patio. Aproveché para dejar el muñeco dentro de mi mochila. No tenía ganas de que todo el mundo me preguntara de dónde lo había sacado.

Estaba contento porque era viernes y me esperaban dos días de tranquilidad total. Creía que las desgracias se habían terminado, pero me equivocaba. Ya estaba a punto de salir de clase cuando fui interceptado, justo antes de llegar a la puerta.

¡No me acordaba! Aquel fin de semana se celebraba el 25.º aniversario de la escuela, y el domingo había una fiesta a la que iban a asistir todos los alumnos. No me quedaba otra solución que llegar a casa y empezar a escribir una redacción tras otra sin parar hasta el domingo a la hora de ir a la escuela. ¡Uf, menudo día!

2

¡QUÉ NOCHE, AQUELLA NOCHE!

En cuanto entré en casa fui a ver a mis padres, que estaban en la cocina. Lo primero que les dije fue que pensaba estar encerrado en mi habitación hasta el domingo a la hora de ir a la fiesta de la escuela. Tenía que terminar las redacciones como fuera. Se quedaron un poco extrañados porque era la primera vez en mi vida que les hablaba de deberes, pero creo que les gustó.

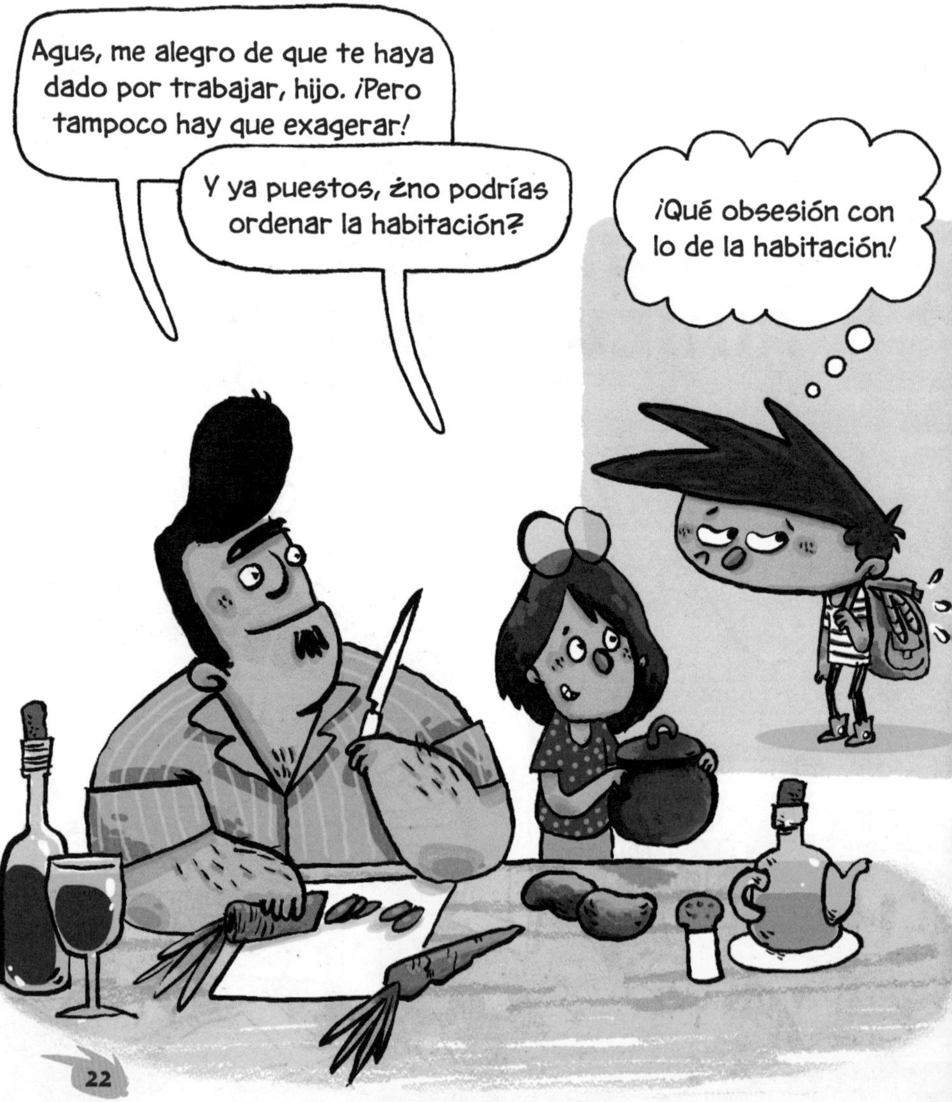
Agus, me alegro de que te haya dado por trabajar, hijo. ¡Pero tampoco hay que exagerar!
Y ya puestos, ¿no podrías ordenar la habitación?
¡Qué obsesión con lo de la habitación!

Una vez en mi habitación, me di cuenta de que, como tenía la mesa llena de cosas, no podía trabajar. Entonces extendí un brazo encima de la mesa y lo desplacé con un barrido hasta la otra punta de la mesa. Así conseguí que quedara completamente vacía y lista para trabajar. Después abrí el armario, porque pensé que era posible que apareciera alguna redacción. La verdad era que las había ido escribiendo a lo largo del trimestre, pero a medida que las había escrito también las había perdido.

¡Sí, solo una! ¡Solo encontré una de las redacciones! Y, no sé por qué, la empecé a leer. A lo mejor porque ni me acordaba de lo que había escrito o porque quería comprobar si estaba mínimamente bien.

LA ÚNICA REDACCIÓN QUE ENCONTRÉ

Un día había un día que quería ser noche. Y como esto era imposible, decidió ser un día de tormenta, que es el tipo de día que, en general, más se parece a una noche.

Hombre, no es la mejor historia que he oído, ¡pero me gusta!

Me pareció oír una voz, pero no le di ninguna importancia.

Pero un día hubo un eclipse de sol y, de golpe, todo se quedó a oscuras. Y así, por casualidad, aquel día supo lo que se sentía siendo noche.

¡Hombre, esto se pone interesante!

Oí otra vez la voz y pensé que mi padre debía de haber pasado por delante de mi habitación y había dicho algo.

Esta vez oí claramente aquella voz. Y, aunque parezca extraño, me pareció que venía de mi mochila.

De repente lo vi. Allí estaba, había salido de mi mochila y se erizaba y sacudía para librarse del polvo que lo cubría. ¡No me lo podía creer! ¿Qué era aquello? ¿Un extraterrestre? ¿Un duende? Un... ¿monstruo? Yo no sabía qué decir, pero debido a la sorpresa tampoco podía cerrar la boca.

Tras las presentaciones, el monstruo de los libros me explicó que para estar despierto necesitaba leer o escuchar buenas historias, y que si no las leía o las escuchaba se quedaba hecho polvo, quieto como si fuera un muñeco, como yo lo había encontrado en el almacén de la biblioteca.

Aquello era muy bestia, pero aún fue más bestia lo que pasó a continuación. Aquel monstruo que levantaba menos de un palmo del suelo (bueno, eso depende bastante del palmo) se puso a bailar y a cantar para contar su historia.

¡FLAT, FLAT, FLAT!
¡POR FIN RECUPERÉ LA LIBERTAD!

ME ECHARON DE UN LIBRO,
NO SÉ MUY BIEN CÓMO,
Y TAMPOCO EXACTAMENTE
CUÁNDO NI DÓNDE.

SOY EL MONSTRUO DE LOS LIBROS,
Y CADA DÍA NECESITO LEER Y ESCUCHAR
BUENAS HISTORIAS, PEQUEÑAS O GRANDES.
¡QUE SEAN EMOCIONANTES!
¡QUE SEAN BRILLANTES!
¡Y, SI PUEDE SER, IMPACTANTES!

¡FLAT, FLAT, FLAT!
¡POR FIN RECUPERÉ
LA LIBERTAD!

En cuanto dejó de bailar, el Sr. Flat me preguntó otra vez por mis libros. Le enseñé los que tenía y los observó atentamente. De repente, escogió uno. Era *La isla del Tesoro*.

–¡Qué gran historia! –dijo el Sr. Flat–.Venga, chaval, acelera un poco, que he estado mucho tiempo encerrado en ese maldito almacén. Necesito una buena historia ahora mismo. ¡A leer!

Querido Agus Pianola: no sabes las ganas que tenía de reencontrarme con Jim Hawkins, Long John Silver y el resto de los personajes de esta novela.

¡Y una botella de ron!

Mientras me preparaba para empezar a leer, el Sr. Flat se puso a saltar encima de mi cama. Estaba contento y feliz, y esa alegría se me contagió.

Empecé a leer el primer capítulo, pero el Sr. Flat me detuvo. Me pidió que le leyera la dedicatoria. Yo ni siquiera había reparado en ella, pero la verdad es que aquel texto me impactó mucho. Sí, me costó un poco entenderlo, pero me impactó.

¡Pocas cosas me emocionan más que la dedicatoria de Stevenson en *La isla del Tesoro!*

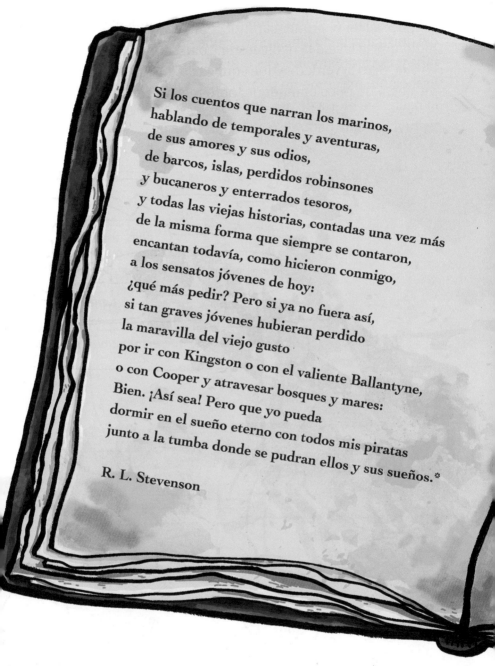

Si los cuentos que narran los marinos,
hablando de temporales y aventuras,
de sus amores y sus odios,
de barcos, islas, perdidos robinsones
y bucaneros y enterrados tesoros,
y todas las viejas historias, contadas una vez más
de la misma forma que siempre se contaron,
encantan todavía, como hicieron conmigo,
a los sensatos jóvenes de hoy:
¿qué más pedir? Pero si ya no fuera así,
si tan graves jóvenes hubieran perdido
la maravilla del viejo gusto
por ir con Kingston o con el valiente Ballantyne,
o con Cooper y atravesar bosques y mares:
Bien. ¡Así sea! Pero que yo pueda
dormir en el sueño eterno con todos mis piratas
junto a la tumba donde se pudran ellos y sus sueños.*

R. L. Stevenson

* Robert Louis Stevenson. *La isla del Tesoro* (traducción de José María Álvarez).
Madrid: Anaya, 2012.

Estuve leyendo un buen rato. En realidad mucho más tiempo del que había leído jamás en voz alta. A veces, el Sr. Flat se levantaba y, exageradamente, ejecutaba alguna de las acciones que yo leía: caminaba como un pirata cojo o saltaba si algún personaje lo hacía. Me moría de risa. Era la caña, el Sr. Flat. Pero, de repente, tuvimos que parar de leer. ¡Era la hora de cenar!

¡Agus, a cenar!

¡A cenar!

¡Hijo, a cenar!

¡Va, Agus, ven a cenar!

¡A cenar!

¡Por favor, Agus, que empezamos a cenar!

¡¡¡Aaaaaaagus!!!
¡¡¡A cenaaaaar!!!

3

DEFINITIVAMENTE, LA BUENA NOCHE DE UN MAL DÍA

Como cada viernes, tocaba cenar pizza. Yo siempre tuneaba la mía y aquella noche se me ocurrió ponerle un huevo encima. Estaba deliciosa. Me la comí en tres minutos y, antes de darle el último bocado, me levanté para anunciar a mis padres que volvía a mi habitación.

No. No había pensado en las redacciones ni en ordenar la habitación. ¿Hay alguien que pueda pensar en redacciones y habitaciones cuando acaba de conocer a un monstruo? En cuanto regresé a mi habitación, me tumbé en la cama con el Sr. Flat y nos pusimos a leer.

El Sr. Flat tenía razón. A veces, cuando regresas a un lugar que te ha gustado, aún te gusta más. Y pensé que con los libros, más o menos, debía de pasar lo mismo.

El Sr. Flat eligió otro libro, *Peter Pan*. Y me puse a leer:

–Todos los niños, salvo uno, crecen –leí–. Y no tardan demasiado en saber que crecerán.

–Ah, Peter y Wendy... ¡Cuánto tiempo! –me interrumpió el Sr. Flat–. Y Garfio, Smee y los demás... Era un buen chaval, Barrie.

–¿Barrie? –le pregunté extrañado.

–Sí, James Barrie, el autor de la novela. ¿Sabías que *Peter Pan*, antes de ser una novela, fue una obra de teatro?

No, no lo sabía, pero empezaba a intuir que aquellos libros que había tenido muertos de asco en la habitación eran mucho más interesantes de lo que yo había pensado hasta entonces.

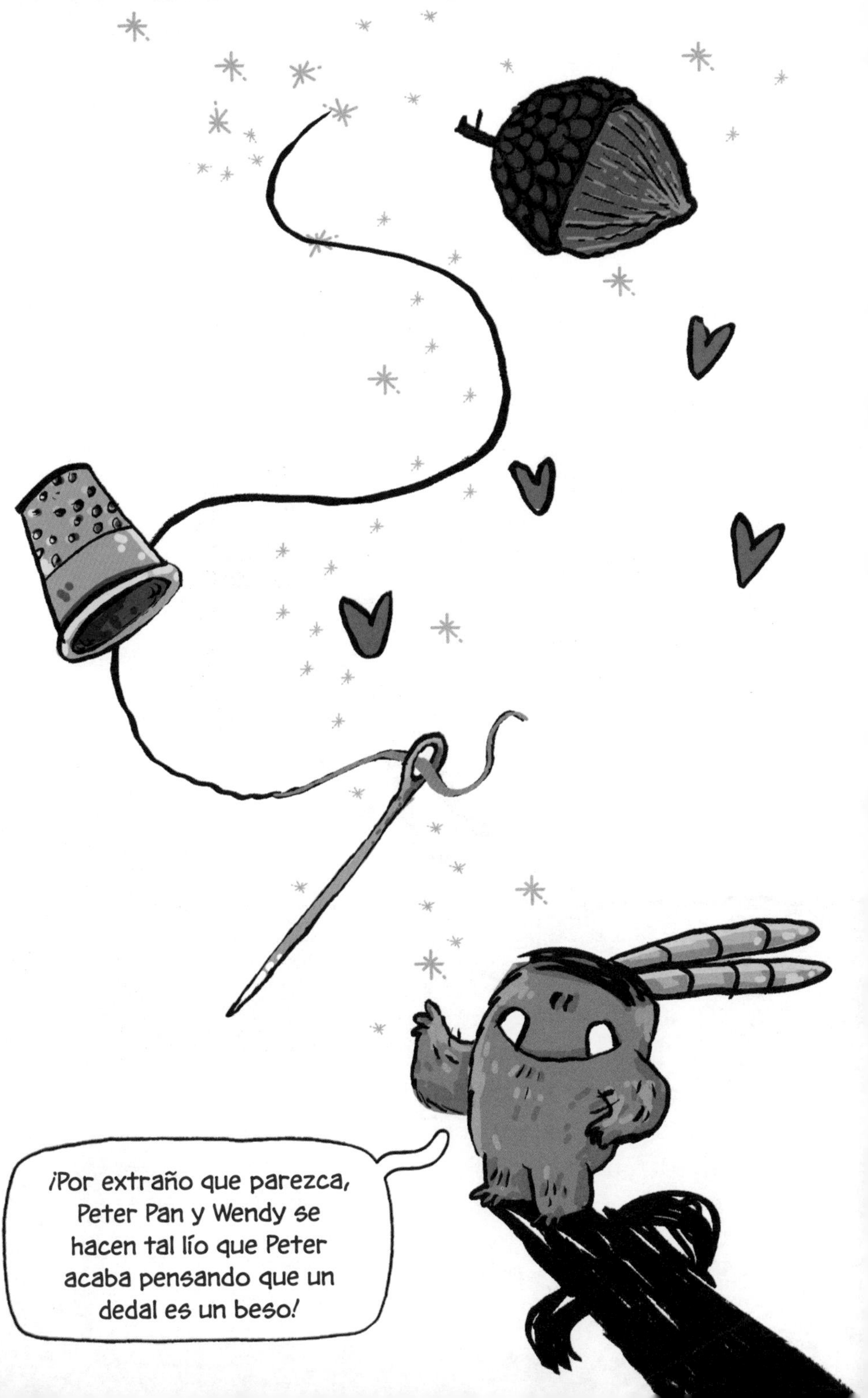
¡Por extraño que parezca, Peter Pan y Wendy se hacen tal lío que Peter acaba pensando que un dedal es un beso!

Mientras el Sr. Flat y yo leíamos, tuve la sensación de que los dos volábamos entre las nubes, por encima de los tejados, hacia la isla de Nunca Jamás, con Peter, Wendy y sus hermanos.

A mí me gusta mucho cómo suena el nombre de la isla en inglés: ¡Neverland!

Estuvimos un buen rato leyendo *Peter Pan* y, cuando terminamos, el Sr. Flat me pidió que cambiáramos otra vez de libro. Como había hecho con *La isla del Tesoro*, marqué la página donde había dejado de leer. Pensé que más tarde encontraría el momento de acabar el libro. Esta vez el Sr. Flat eligió *Las aventuras de Tom Sawyer*, de Mark Twain.

—Una de las partes que más me gustan de esta novela es cuando castigan a Tom Sawyer y le ordenan pintar la cerca del jardín —me explicó el Sr. Flat—. Tom consigue que sus amigos la pinten por él porque los convence de que pintar cercas es la mar de divertido.

Lo que me parece extraño es que alguien con un nombre tan bonito y sencillo como Samuel Langhorne Clemens se hiciera llamar Mark Twain. ¡Qué cosas tienen los novelistas!

Un rato más tarde, cuando el Sr. Flat me pidió que cambiáramos otra vez de libro, aproveché para hacerle una pregunta que hacía rato que me rondaba por la cabeza.

Sr. Flat, ¿pero usted de qué libro ha salido?

Del *Libro de los monstruos*, donde vivía con los demás...

... ¡monstruos!

¡Exacto!

Tenía un montón de amigos: el Cheff Roll, Ziro, la Dra. Veter y todos los demás.

¿Y por qué se marchó?

¡No! ¡No me marché! ¡Me echaron! ¡Nos echaron a todos!

LA EXPULSIÓN DEL *LIBRO DE LOS MONSTRUOS* EXPLICADA POR EL SR. FLAT

Un mal día, un tal Dr. Brot entró en el *Libro de los monstruos* con su ayudante Nap. En poco tiempo se hizo amigo de todo el mundo y se convirtió en un personaje muy popular y querido por los monstruos.

Pero el Dr. Brot nos engañó. Una noche nos invitó a todos a cenar para celebrar su cumpleaños. Y, al día siguiente, cuando nos despertamos, ya no estábamos en nuestro libro.

No sabemos por qué lo hizo. Ni por qué nos odiaba tanto. Nadie sabe por qué el Dr. Brot es tan malvado.

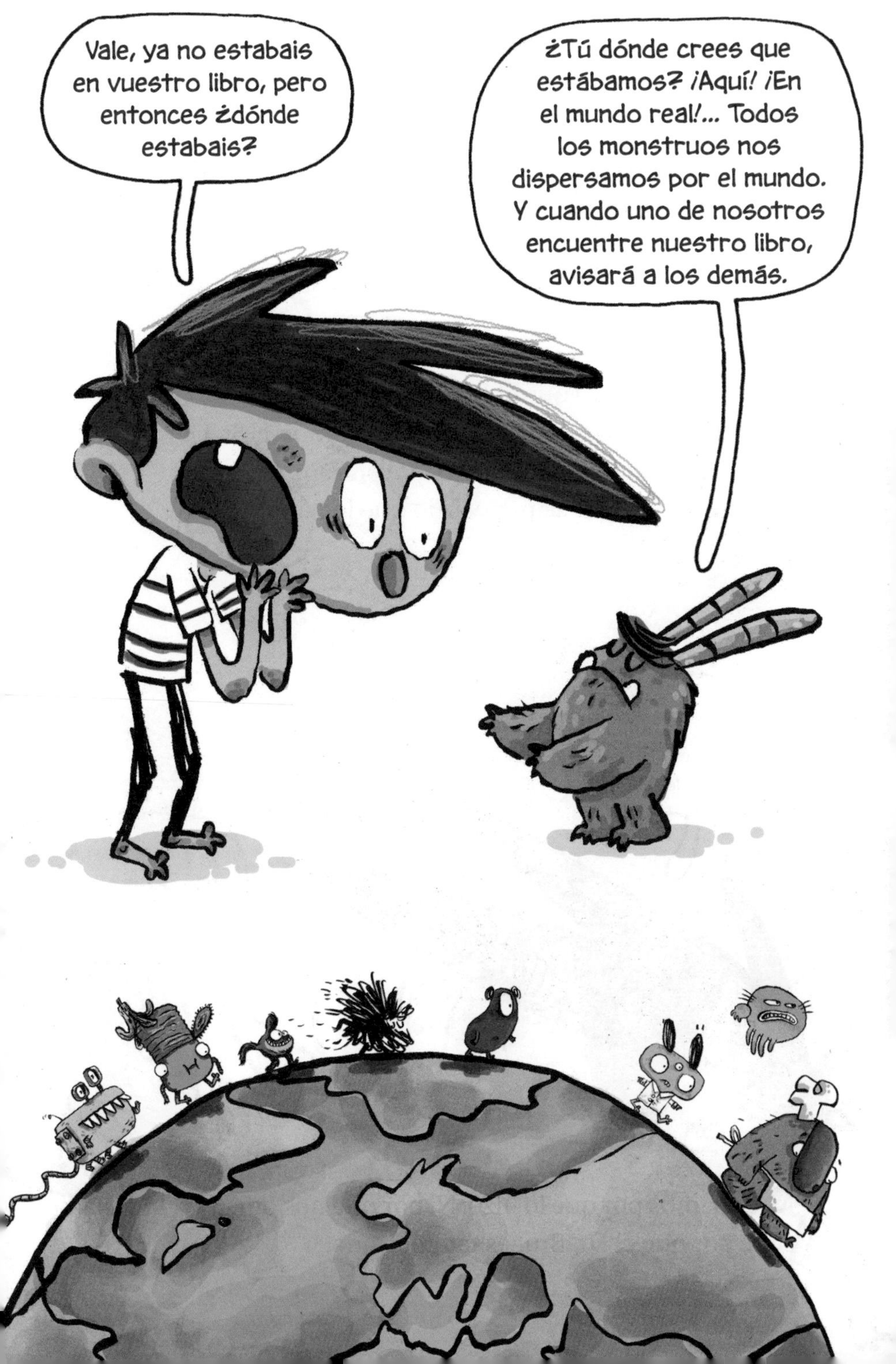
Vale, ya no estabais en vuestro libro, pero entonces ¿dónde estabais?
¿Tú dónde crees que estábamos? ¡Aquí! ¡En el mundo real!... Todos los monstruos nos dispersamos por el mundo. Y cuando uno de nosotros encuentre nuestro libro, avisará a los demás.

Me dio mucha pena aquella historia que me contó el Sr. Flat. Y sentí que tenía que ayudarle.

LAS COSAS QUE ME HICIERON PENSAR QUE TENÍA QUE AYUDAR AL SR. FLAT

1. Me pareció una buena persona, o más bien un buen monstruo.
2. No había derecho a que lo hubieran echado de su libro.
3. Estaba claro que el Dr. Brot no era de fiar.
4. Hacía muy poco que nos conocíamos, el Sr. Flat y yo, pero podía notar claramente que éramos amigos.
5. El Sr. Flat no se merecía lo que le había pasado.

Aquella noche el Sr. Flat y yo nos quedamos dormidos mientras leíamos. Lo último que recuerdo es que leíamos un fragmento de *El viento en los sauces*, de Kenneth Grahame, y un topo y una rata paseaban mientras el viento aullaba. Creo que incluso llegué a notar el viento en la cara, mientras el Sr. Flat elogiaba las ilustraciones de Ernest Howard Shepard.

El Sr. Flat y yo dormíamos como marmotas cuando mi padre, como cada noche, entró en mi habitación para apagar la luz. Abrí un ojo (y también una oreja) y le vi claramente la cara y oí perfectamente lo que decía.

4

AGUS
Y EL MONSTRUO
DE LOS LIBROS

Primero abrí un ojo y, luego, el otro. Miré durante un instante la luz que se filtraba por entre las rendijas de la persiana y respiré hondo. Y, de golpe, me dio un ataque de: «Y si...». Y si esto, y si aquello, y si lo otro...

ALGUNOS «Y SI...» DE MI ATAQUE DE «Y SI...»

¿Y si el Sr. Flat se había marchado?   ¿Y si no existía?

¿Y si me lo había imaginado yo?   ¿Y si me había vuelto loco?

¿Y si solo era un muñeco?

Me daba miedo volverme y que el Sr. Flat no estuviera allí, pero, de repente, oí un ronquido muy suave ¡y allí estaba! Era él. ¡Y dormía!

¿Duerme, Sr. Flat?

No. Dormía hasta que has preguntado: «¿Duerme, Sr. Flat?».

Me sentí un poco estúpido, porque preguntarle si duerme a alguien que está durmiendo en realidad es totalmente estúpido.

Para compensar un poco mi estupidez, le expliqué al Sr. Flat una idea que me había pasado por la cabeza. Si él quería, yo cada semana tomaría prestados libros de la biblioteca de la escuela para que los pudiéramos leer juntos.

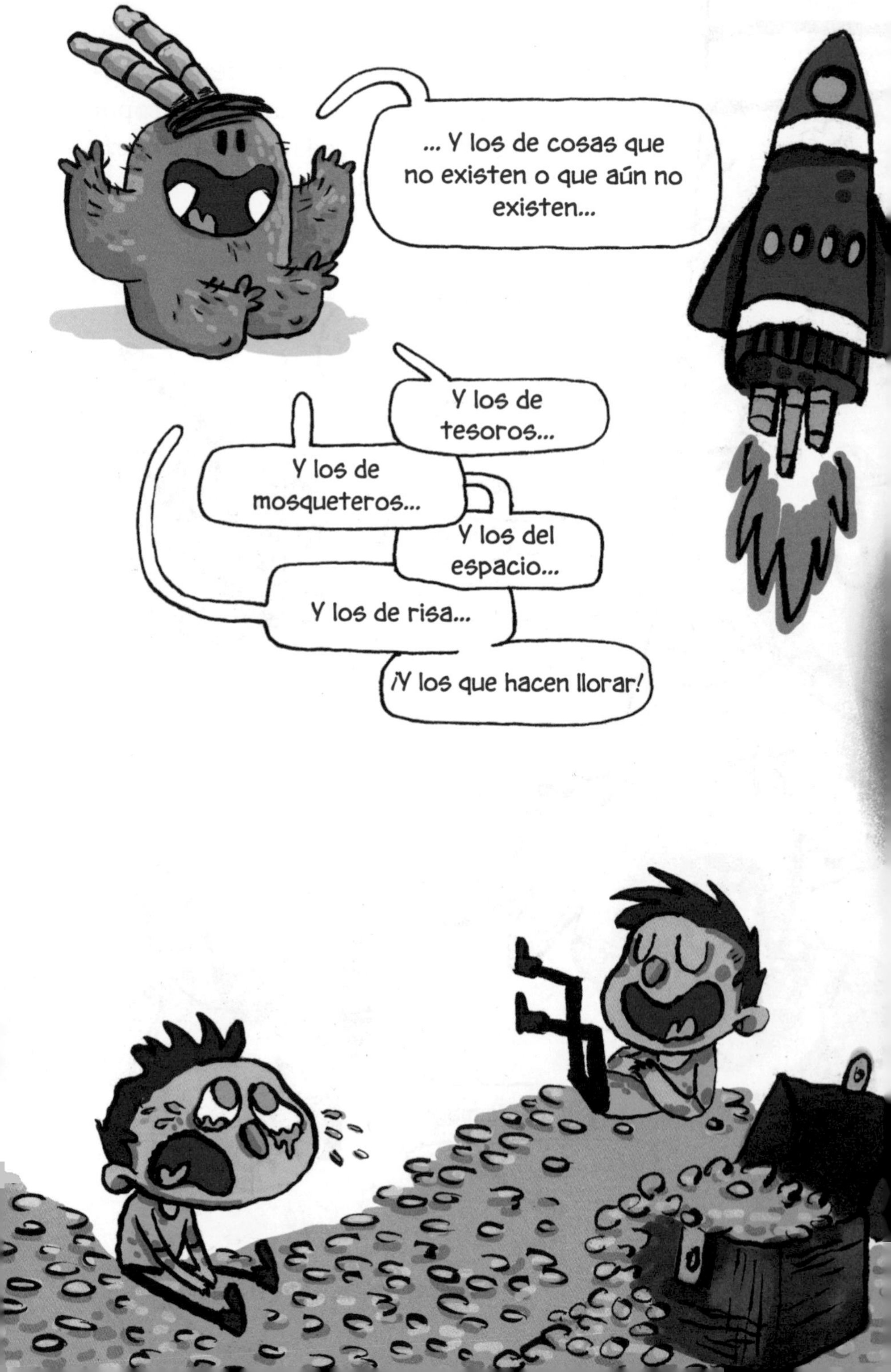
... Y los de cosas que no existen o que aún no existen...
Y los de tesoros...
Y los de mosqueteros...
Y los del espacio...
Y los de risa...
¡Y los que hacen llorar!

Como nos habíamos despertado muy pronto, el Sr. Flat y yo pudimos leer y holgazanear un buen rato. Más tarde él me contó la historia de un tipo que, según el Barón de Munchausen, era el hombre más veloz del mundo. Para demostrármelo, se desplazó a toda velocidad por la habitación dejando tras de sí una estela anaranjada.

El Sr. Flat aún no se había detenido cuando, de repente, se abrió la puerta. Entonces frenó en seco y se quedó plantado en medio de la habitación, como si fuera un muñeco. Y, justo en aquel momento, mi padre asomó la cabeza.

Mientras desayunaba, mi padre me dejó muy claro por qué tenía que ir a la escuela. Me había apuntado al torneo de baloncesto para celebrar el 25.º aniversario de la escuela y, según él, ahora estaba obligado a ir.

Mis padres ya lo tenían todo organizado. Mi padre y yo iríamos a la escuela y mi madre iría a comprar y luego se reuniría con nosotros. ¿Y el Sr. Flat? ¿Qué pasaba con el Sr. Flat?

No hubo manera de convencer al Sr. Flat para que viniera conmigo a la escuela. Prefería quedarse en casa. Me di cuenta de que era bastante cabezón y de que, cuando decidía algo, lo decidía y punto. Me costó, pero al final encontré mi equipo de deporte.

Mientras nos dirigíamos a la escuela, mi padre aprovechó para echarme un discursito, porque mi padre es muy de discursitos.

Verás, Agus, cuando nos comprometemos con lo que sea, no podemos echarnos atrás. ¿Entiendes? ¡Tenemos que ser responsables! Cuando se acabe el torneo, si quieres, volvemos a casa y podrás hacer los deberes.

A mí esta idea de la responsabilidad me la inculcó mi abuelo, y a él se la inculcó el suyo. Por eso en nuestra familia siempre hemos sido muy responsables. ¿Entiendes?

Además, fuiste tú quien se comprometió. Nadie te obligó a apuntarte al torneo, ¿verdad? Pero es bonito que participes en las actividades del 25.º aniversario de la escuela.

Implicarse es necesario. ¿Entiendes?

¿El qué?

Como fui el último en llegar a la escuela, mis compañeros, nerviosos, ya me esperaban en la puerta. Faltaban cinco minutos para que empezase el torneo.

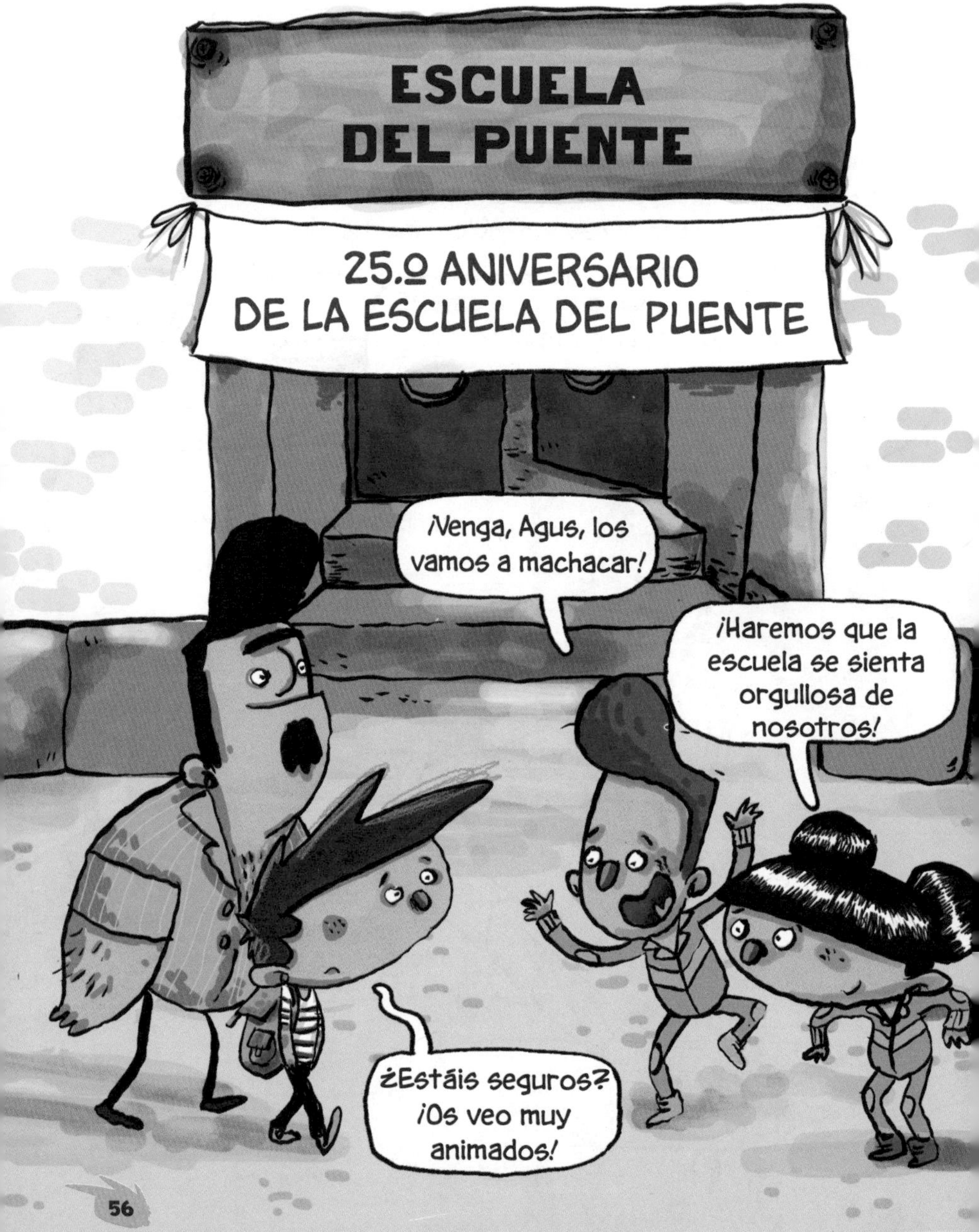
ESCUELA DEL PUENTE
25.º ANIVERSARIO DE LA ESCUELA DEL PUENTE
¡Venga, Agus, los vamos a machacar!
¡Haremos que la escuela se sienta orgullosa de nosotros!
¿Estáis seguros? ¡Os veo muy animados!

En cuanto empezó el partido quedó claro que las expectativas de mis compañeros eran un poco exageradas. Los del otro equipo eran más altos, más fuertes y, en definitiva, jugaban mejor.

Pero no. No remontamos. Fue el partido más patético de mi vida, y eso que ya había jugado varios partidos patéticos. No conseguimos ni un punto, porque el equipo de la escuela Fahrenheit era increíblemente bueno y no nos dejó ni respirar. ¡Pero no todo era malo! Como nos habían eliminado del torneo, ya podía volver a casa con el Sr. Flat.

Habría podido irme a casa inmediatamente tras el partido, pero se produjo aquel fenómeno tan curioso que consiste en que tu padre o tu madre se ponen a hablar con alguien y ya no hay manera de que callen o se muevan. Al final lo conseguí, pero me costó un buen rato y, encima, después tuve que aguantar un discursito de mi padre sobre la paciencia y la necesidad de aprender a esperar.

Al final mi padre entendió que yo tenía que acabar los deberes y nos fuimos a casa. Pensábamos que encontraríamos a mi madre por el camino y, aprovechando el trayecto, mi padre me soltó otro de sus discursitos:

5

¿DÓNDE ESTÁ
EL SR. FLAT?

En cuanto mi padre y yo llegamos a casa, me fui disparado a mi habitación. Y allí tuve una sorpresa terrible. ¡La habitación estaba ordenada! Pero la sorpresa no fue esta. La sorpresa fue que no encontré al Sr. Flat. ¡No estaba en la habitación!

Tuve un mal presentimiento, un muy mal presentimiento. Pensé que mi madre finalmente había cumplido su amenaza y había tirado todas las cosas que tenía desordenadas. ¡Las piernas me temblaban!

Me fui a la cocina para mirar en la basura. Y allí encontré dos bolsas llenas con las cosas de mi habitación, justo donde mis padres solían dejar la basura para llevarla al contenedor. Sin dudarlo ni un segundo, me puse a rebuscar en las bolsas y encontré todo tipo de cosas, pero no al Sr. Flat.

ALGUNAS DE LAS COSAS QUE ENCONTRÉ DENTRO DE LAS BOLSAS

Apuntes de mates y de inglés
Una revista de videojuegos
Media pulsera de reloj
Una gorra de béisbol
Cromos
Un calcetín de deporte

Tres bolis y un lápiz
Dibujos de aviones
Un yoyó sin cuerda
Dos cristales de gafas de sol
Un cuerno reseco de cruasán

No solo me temblaban las piernas, también empezaba a notar una especie de dolor de garganta que siempre me entra cuando tengo ganas de llorar. Pero entonces oí la puerta de la calle y corrí hacia ella. Pensé que podía ser mi madre. Y sí, era mi madre.

Como insistí mucho en saber qué había pasado, mi madre me contó un larga historia de terror, que yo resumiré para no hacerme pesado.

LA HISTORIA DE TERROR QUE ME CONTÓ MI MADRE, RESUMIDA EN TRES PARTES

Cuando mi madre me ordenó la habitación, recordó que, en la escuela, los alumnos de último curso montaban un mercadillo para vender juguetes y así ganar dinero para su viaje de fin de curso.

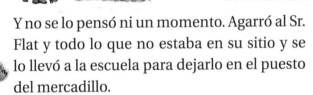

Y no se lo pensó ni un momento. Agarró al Sr. Flat y todo lo que no estaba en su sitio y se lo llevó a la escuela para dejarlo en el puesto del mercadillo.

Y, allí, entre juguetes viejos, otros muñecos y todo tipo de objetos absurdos, como por ejemplo tazas de té con forma de rana, quedó abandonado el pobre Sr. Flat.

¡Casi me da un ataque! Aún no sé cómo, convencí a mi padre para que me acompañara de nuevo a la escuela. Pero antes de irnos pasé por la habitación y, con un cuchillo, saqueé mi hucha. No dejé ni un céntimo. Costara lo que costara, compraría al Sr. Flat y me lo volvería a llevar a casa.

Una vez en la escuela, fui directamente al puesto del mercadillo. Tenían toda clase de cosas extravagantes, pero el Sr. Flat no estaba.

De repente vi un grupito de chicas de mi clase alrededor de la fuente del patio, y me fui directo hacia allá. Pensé que quizás alguna de ellas podía tener al Sr. Flat.

¿Habéis comprado un muñeco de color naranja que estaba en el puesto del mercadillo?

No, nosotras no.

¡Lo ha comprado Lidia Lines!

¡¡¡Lidia!!!

Mis compañeras me contaron que Lidia ya se había ido a casa. Y yo, por primera vez en mi vida, pensé que era una gran suerte que Lidia Lines y yo viviéramos en el mismo rellano de escalera. ¡Solo tenía que arrancar a mi padre de la escuela y volver a casa!

> Va, papá. ¡Vámonos a casa!

> ¡Hijo, a ver si te aclaras de una vez! ¿Quieres ir a casa o a la escuela? ¡A ver si tengo que darte otro discursito!

Y, evidentemente, camino de casa, mi padre no pudo evitar soltar otro de sus discursitos. La verdad es que, en esta ocasión, no recuerdo de qué iba.

> Piensa que... bla, bla, bla... Pero bla, bla y bla, bla, bla... Pero bla, bla, bla, bla, bla, bla... Pero bla, bla, bla, bla, ¿verdad? Claro que bla, bla, bla. Es más, bla, bla, bla, bla, bla... ¿Entiendes?

> bla, Claro bla,

Ni siquiera entré en casa. Me quedé en el rellano de la escalera y llamé a la puerta de Lidia. Me abrió su padre, el Sr. Lines. Era un hombre tan repelente como su hija o incluso más. Y además me ponía muy nervioso porque siempre me llamaba «majo»: majo por aquí, majo por allá, majo esto, majo aquello...

¡Hola, majo!

Hola. ¿Está Lidia?

No, majo. Está en casa de su tía. Volverá a las siete.

¿A las sieeeeete de la tarde?

Sí, majo. ¿Quieres que mire en su carpeta para ver si tenéis deberes?

No, no. No hace falta. ¿Ha visto si llevaba un muñeco de color naranja?

No lo sé, majo. Ha ido a buscarla su tía a la escuela y ya no ha pasado por casa.

TÍPICO DELANTAL DE SEÑOR REPELENTE

Le dije al padre de Lidia que volvería a las siete y me di la vuelta. Me sacaba de quicio que aquel hombre creyera que quería ver a Lidia para saber qué deberes teníamos para el lunes. Pero estaba tan preocupado por el Sr. Flat que no perdí ni un segundo pensando en eso. Le había dicho a mi nuevo amigo que le ayudaría a encontrar su libro y lo único que había conseguido era perderlo. Estaba hecho polvo y, sobre todo, me di cuenta cuando me vi en el espejo.

MI IMAGEN REFLEJADA EN EL ESPEJO

Y ahora, ¡a esperar hasta las siete!

PELOS DE PUNTA, POR EL SUSTO

OJOS LLOROSOS

DOLOR DE GARGANTA, POR GANAS DE LLORAR

DOLOR DE CABEZA, DE TANTO PENSAR

DOLOR EN LOS LABIOS, DE MORDÉRMELOS

GANAS LOCAS DE IR AL LAVABO, POR LOS NERVIOS

TEMBLOR DE PIERNAS

6

¡HORAS, HORAS Y MÁS HORAS!

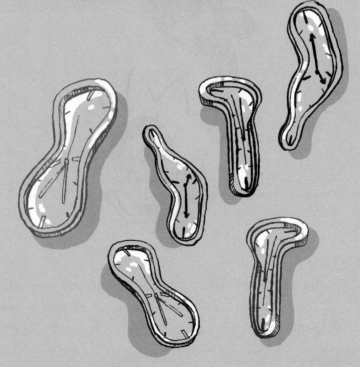

Utilicé la excusa de los deberes para volver a encerrarme en mi habitación. Y la verdad es que hubiera podido escribir unas cuantas redacciones, pero no tenía la cabeza para nada. Solo podía pensar en el Sr. Flat. En manos de Lidia, podía pasarle cualquier cosa, porque Lidia es de esa clase de personas que siempre hacen muy bien los deberes, pero era un misterio saber cómo reaccionaría si el Sr. Flat empezaba a hablar.

Posible reacción A

Posible reacción B

Posible reacción C

Estaba triste, nervioso y muy enfadado con mi madre, aunque todavía estaba más enfadado conmigo mismo. Si hubiera ordenado mi habitación, aunque solo hubiera sido un poco...

Definitivamente, las horas no pasaban y, de repente, pensé que podía leer un libro. Escogí *20.000 leguas de viaje submarino*, de Jules Verne. Y me puse a leer.

De pronto sentí toda la soledad del fondo del mar, el crepitar de la madera de los barcos que se hundían, el movimiento rápido y exagerado de los tiburones, el terror del ataque de un pulpo gigante, la velocidad submarina del Nautilus y, sobre todo, la melancolía de Ned, el arponero, y el dolor del capitán Nemo en aquel largo viaje.

Tuve que hacer una parada técnica para almorzar. Pero comí con un embudo para poder volver enseguida a mi habitación y seguir leyendo el libro de Jules Verne.

Espero que nadie se haya creído lo del embudo. Solo es una manera de decir que comí tan deprisa como pude para poder volver a mi habitación y seguir leyendo.

Pero ¿qué pretendes? ¿Batir el récord mundial de comer rápido?

¿Y ahora qué mosca te ha picado?

¡Es que tengo que seguir haciendo deberes!

Volví a mi habitación para proseguir la lectura, acompañado por el Capitán Nemo, el inmenso arponero y el resto de los personajes. Pero, hacia las cinco, poco a poco se me empezaron a cerrar los ojos.

Y sí, me quedé frito. Totalmente frito. No me di ni cuenta del momento en que me dormía. Y tuve un sueño o una pesadilla. Bueno, todo depende de cómo se mire.

En mi sueño me encontraba en un bosque marino, pero aunque estaba sumergido podía respirar perfectamente. Incluso oía una música y me llegaba un ligero olor a menta. Estaba un poco oscuro y no veía lo que me rodeaba, pero yo estaba bastante tranquilo. No tenía miedo. Además, vi pasar un submarino muy extraño y dentro había gente que me saludaba amistosamente.

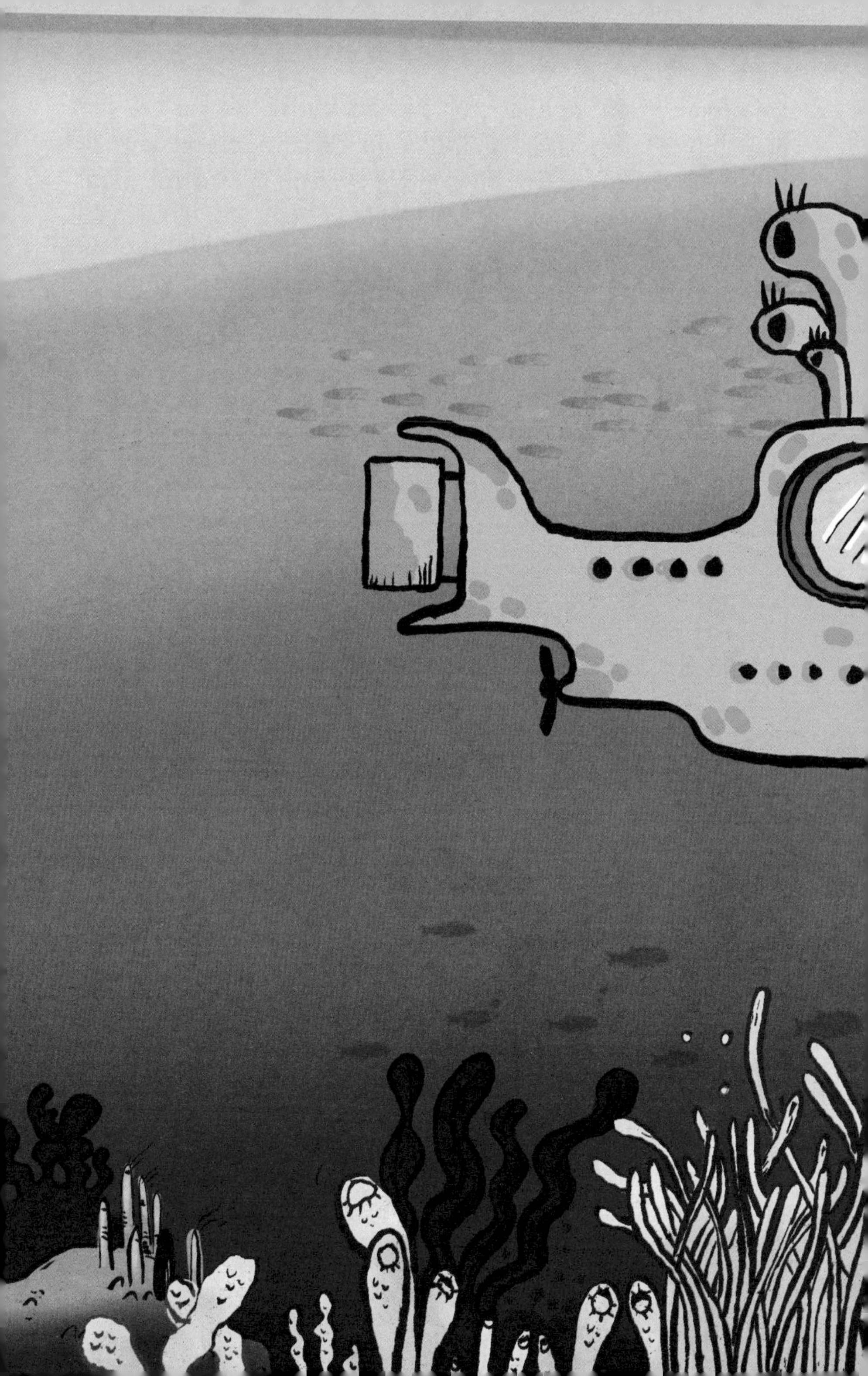

De repente noté que alguien pasaba por detrás de mí, pero cuando me volví no vi a nadie. Y esto me pasó tres o cuatro veces, hasta que me volví muy deprisa y vi a un montón de monstruos mirándome.

No me hacían ni caso, pero todos parecían contentos y asentían con la cabeza. Y entonces oí claramente una voz que me sonaba muy familiar, ¡terriblemente familiar!

Por suerte, la voz que oí fue la de mi padre, que me despertaba porque se había acordado de que yo le había dicho que, pasara lo que pasara, a las siete tenía que ir a casa de Lidia.

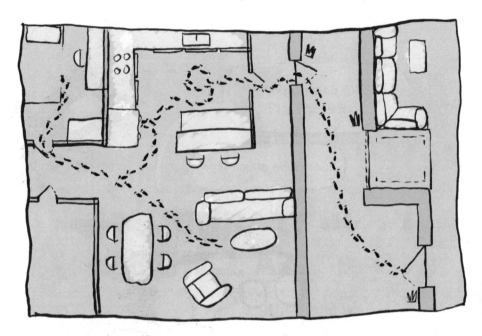

Me metí en el bolsillo las monedas que había sacado de la hucha, respiré hondo e inicié el trayecto hacia casa de Lidia. Era un trayecto corto, pero muy importante.

7

NEGOCIANDO CON LIDIA LINES

Había llegado la hora de la verdad. Solo tenía que llamar a la puerta, hablar con Lidia y recuperar al Sr. Flat. Si era necesario, le pagaría lo que ella se hubiera gastado en el puesto de la escuela. Lo haría sin ningún problema. Pero con lo que no contaba era que, otra vez, fuera el repelente de su padre quien abriera la puerta.

¡Qué pregunta más tonta! Pues claro que quería que avisara a Lidia. ¿Qué creía que había ido a hacer a su casa? ¡Y qué manía con lo de majo!

¡Lidia y su padre eran clavaditos! Intenté no ponerme nervioso mientras le contaba la historia del Sr. Flat. Bueno, no le conté la verdadera historia, sino la historia que me inventé en ese momento.

Le dije que el Sr. Flat había sido mi primer muñeco y que lo quería mucho.

También le dije que no podía dormir sin él.

Y que mi madre, por equivocación, había creído que yo ya no lo quería...

... y por eso lo había llevado al mercadillo de la escuela.

Entonces, en el mercadillo, me dijeron que ella había comprado el muñeco...

... y yo decidí que, si era necesario, me gastaría los ahorros de toda una vida para recuperarlo: ¡exactamente un montón de euros! Y ahora me disponía a pagarle lo que ella se hubiera gastado para recuperar al Sr. Flat.

Cuando acabé de contar la historia del Sr. Flat, Lidia no dijo nada. Y esta es una de las cosas más horribles que pueden pasar: que acabes de contar una historia y no te digan nada. Pero al final, como yo tampoco dije nada, ella se vio obligada a hablar. ¡Y eso aún fue peor!

Me indigné. No solo le había cambiado el nombre por otro tan absurdo como Bladi. ¡Además lo había perdido! ¡Y estaba tan tranquila! Mientras me contaba lo que había pasado, casi me la cargo.

LA EXPLICACIÓN DE LIDIA LINES

Mi tía y yo fuimos a la escuela y allí, en el mercadillo, me compró a Bladi.

Luego nos fuimos a comprar y a comer.

Por la tarde fuimos al cine y, cuando ya salíamos de la sala, me di cuenta de que no llevaba a Bladi conmigo...

Entonces mi tía dijo que daba igual que lo hubiera perdido, porque Bladi solo era un muñeco viejo y sucio, y me compró otro muñeco.

Realmente Lidia se había convertido en la reina de la repelencia. ¡Y de su tía mejor no hablar! ¿Cómo se le había pasado por la cabeza decir que el Sr. Flat era viejo y sucio? ¡Daba igual! Pero aún quedaba por contestar la gran pregunta: «¿Y ahora qué?».

Y, de repente, Lidia fue a su habitación y, al salir, se sacó las manos de detrás de la espalda y, muy orgullosa, me mostró un peluche repugnante, un chihuahua. Sin duda, ese era el muñeco que le había comprado su tía.

Yo tenía muchas preguntas. Tenía tantas preguntas que me notaba la cabeza como rellena de corcho.

Pero ¿cómo ha podido perder al Sr. Flat?

¿Cuándo se dio cuenta de que lo había perdido? ¿Por qué no volvió al cine?

¿Cómo puede haberse conformado con aquel perro estrafalario que le ha comprado su tía?

¿Cómo puede ser que se le haya ocurrido un nombre tan horrible como Bladi?

¿Bladi? ¿Pipim?
¿De dónde saca esos nombres?

Aquellas preguntas me tenían totalmente paralizado, pero, de repente, estallé porque supe exactamente qué pregunta tenía que hacerle.

Mira, Lidia, tengo muchas preguntas, pero la pregunta definitiva es...

... ¿se puede saber a qué cine has ido?

¡Al Victoria!

No le dije nada más a Lidia. Durante una décima de segundo pasaron por mi cabeza toda clase de desgracias. Y estas fueron las más bestias:

¡Tal vez el Sr. Flat había sido atropellado!

¡Tal vez lo había pillado un perro!

¡Tal vez lo había encontrado el temible Dr. Brot!

Pero en cuanto hubo pasado aquella décima de instante, desaparecí del rellano de la escalera. Dejé a Lidia allí plantada y empecé a bajar las escaleras como alma que lleva el diablo.

¡Agus, eres un maleducado! ¡No le has dicho ni hola a Pipim!

8

EN BUSCA
DEL SR. FLAT

Jugando al baloncesto soy un desastre, pero saltando escaleras soy el mejor. Bajé las escaleras saltando de rellano en rellano y, por un momento, me pareció que era Peter Pan. Bajaba tan deprisa que, si alguien me hubiera visto, habría creído que volaba.

Cuando salí a la calle, estaba tan nervioso que miré a uno y otro lado. Ya sabía que el Victoria quedaba a la derecha de casa, pero no me calmé un poco hasta que vi las luces de la fachada del cine. Creo que corrí tanto que incluso aquel tipo que, según el Barón de Munchausen, era el hombre más rápido del mundo, a mi lado habría parecido lento.

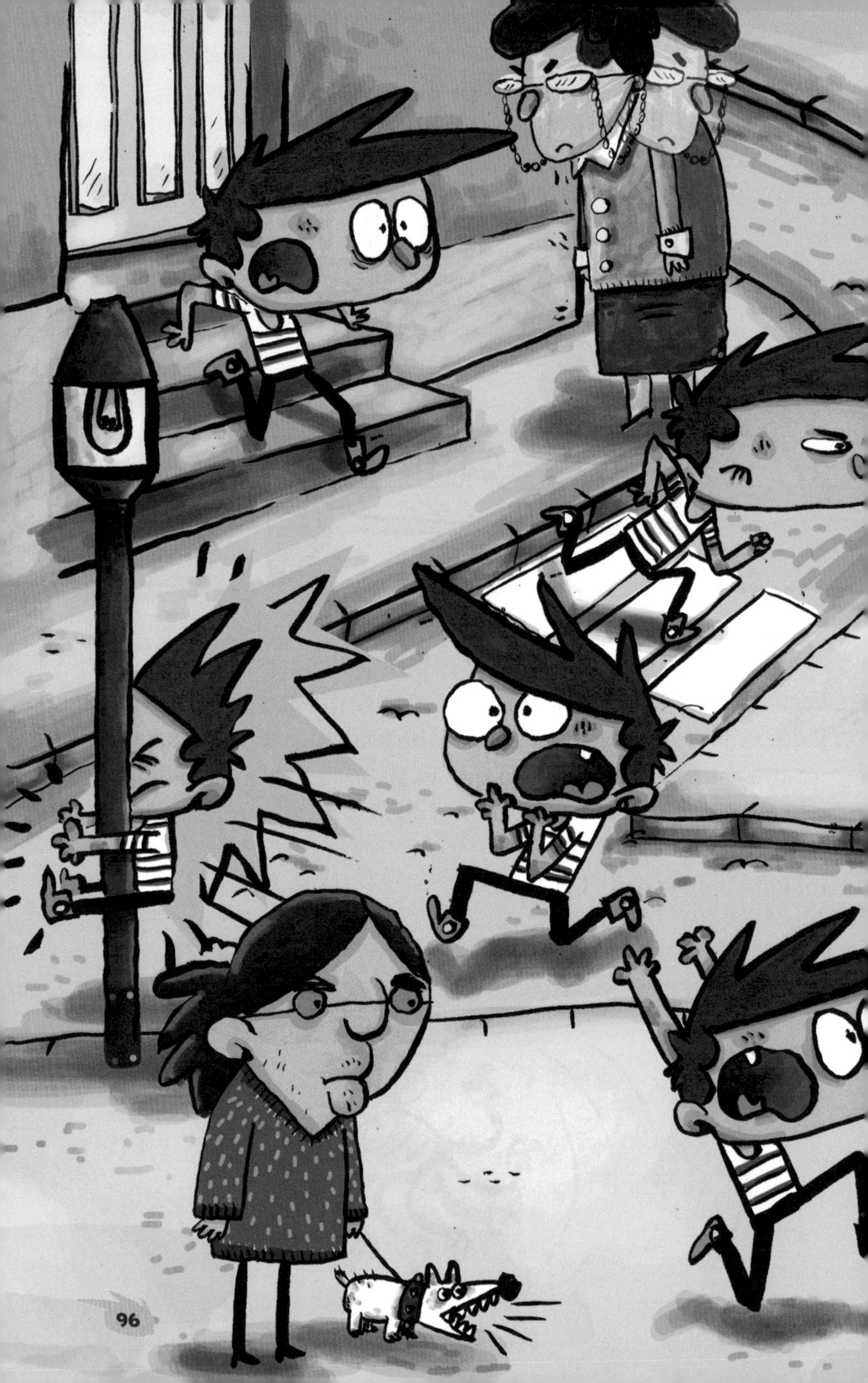

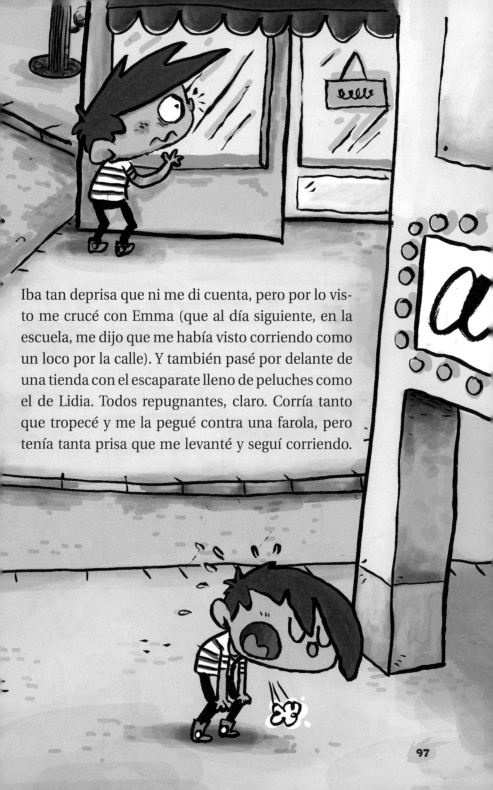

Iba tan deprisa que ni me di cuenta, pero por lo visto me crucé con Emma (que al día siguiente, en la escuela, me dijo que me había visto corriendo como un loco por la calle). Y también pasé por delante de una tienda con el escaparate lleno de peluches como el de Lidia. Todos repugnantes, claro. Corría tanto que tropecé y me la pegué contra una farola, pero tenía tanta prisa que me levanté y seguí corriendo.

¡En un visto y no visto me planté delante del Victoria! Antes había sido un cine enorme, pero ahora lo habían convertido en un multisalas, uno de esos cines con muchas salas pequeñas. Y al ver que en ese momento salía una multitud, miré con atención por si alguien llevaba al Sr. Flat. Pero no. Nadie lo llevaba.

Cuando la gente acabó de salir del cine, le pregunté a la señora que estaba en la taquilla si habían encontrado un muñeco de color naranja. La señora me dijo que ella solo vendía entradas y que no sabía nada de ningún muñeco. Nadie sabía nada.

Pregúntale al chico que corta las entradas.

Yo no lo he visto. Pregúntale a la señora que limpia las salas.

Yo no lo he visto. Si quieres, mira dentro de las salas.

Miré dentro de las diez salas del cine, una por una. Miré debajo y encima de las butacas, y también dentro de las papeleras. Miré por todas partes, pero no tuve suerte. Empezaba a darlo todo por perdido. Había fallado al Sr. Flat de manera estrepitosa. Cada vez que recordaba que le había dicho que le ayudaría a encontrar el *Libro de los monstruos* me sentía peor, me sentía como...

Como si hubiera quedado el último en una carrera...

Y como si, para cenar, mis padres hubieran preparado el plato que menos me gusta...

Y como si me hubieran hecho un regalo espantoso y hubiera tenido que fingir que me gustaba...

Y como si me hubieran echado por encima un cubo de agua helada...

Ya estaba a punto de irme del cine cuando la señora que limpiaba las salas me vino a consolar. Supongo que sintió lástima al verme tan hecho polvo.

A mí el chico del bar más bien me pareció el señor del bar. Tuve que esperar un rato para poder hablar con él, porque estaba atendiendo a un montón de gente que quería palomitas y refrescos.

¿Cómo quieres las palomitas, pequeñas, medianas o grandes?

¡No, no quiero palomitas!

¡Ah! ¿Quieres bebida? ¿Qué quieres beber?

Nada. ¡No quiero beber nada!

Entonces, ya me dirás qué has venido a hacer al bar.

Le expliqué lo que ya le había explicado a la señora de la taquilla, al señor que cortaba las entradas y a la señora que limpiaba las salas.

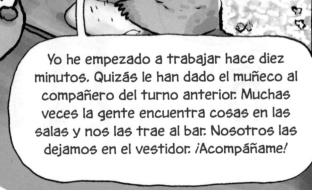

Yo he empezado a trabajar hace diez minutos. Quizás le han dado el muñeco al compañero del turno anterior. Muchas veces la gente encuentra cosas en las salas y nos las trae al bar. Nosotros las dejamos en el vestidor. ¡Acompáñame!

Por un momento recuperé la esperanza. Seguí al chico del bar (que para mí claramente era un señor, que conste) hasta una puerta que había junto a los lavabos.

¡Aquello era bestial! Chaquetas, anoraks, bolsas, teléfonos móviles, bufandas, pañuelos, un casco de moto, dos gorros, una gorra, cinco jerséis... Había un montón de cosas, pero del Sr. Flat, ni rastro.

La esperanza me había durado poco. Me sentía como si me hubiera caído encima una montaña entera. Y ya estaba en la puerta para ir al bar, cuando me pareció oír una voz que venía de muy lejos.

¡No me lo podía creer! ¡Lo había encontrado! Debajo de aquel montón de objetos perdidos asomaba la cabeza del Sr. Flat. Nos abrazamos mientras él no dejaba de hablar y de hacerme toda clase de preguntas. Yo solo le dije una cosa, pero se la dije muy en serio.

Pero ¿dónde estabas?

¿Y a tu madre le da muy a menudo lo de ordenar la habitación?

Después de este abrazo podríamos volver a casa, ¿no?

¿No te parece que ya va siendo hora de que nos vayamos a leer? ¡Piensa que hace horas que no leo nada!

¡No dejaré que se pierda nunca más, Sr. Flat!

Tenía muy claro que un día, cuando encontráramos el *Libro de los monstruos*, el Sr. Flat y yo tendríamos que separarnos, pero hasta que llegara ese día no dejaría que le pasara nada malo.

9

¡A CASA!

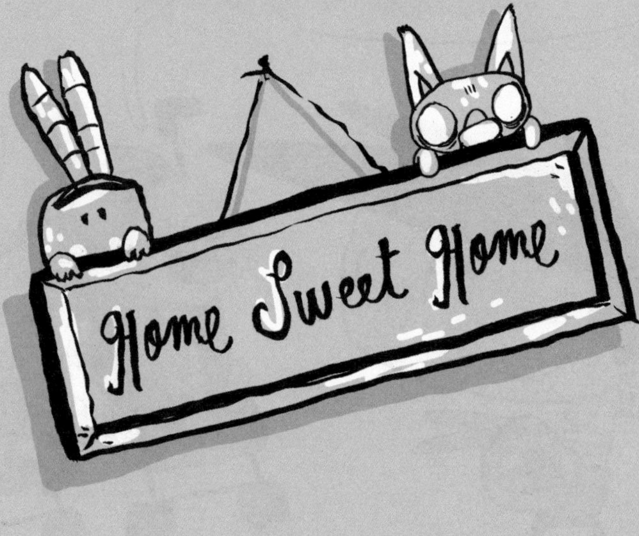
Home Sweet Home

Después de darle las gracias al señor del bar, nos fuimos a casa. Quizás la gente que nos vio por la calle se extrañó un poco de que alguien de mi edad paseara con un muñeco. Me daba igual, primero porque el Sr. Flat no era un muñeco y, segundo, porque no me importaba lo que pudieran pensar.

¿Y a quién nos encontramos en el rellano de la escalera? Sí, claro, a Lidia Lines y a su padre, que parecía que compitieran por
ver quién de los dos era más repelente. Ella, con aquella pregunta absurda: si ya veía que llevaba conmigo al Sr. Flat, ¿por
qué me preguntaba si lo había encontrado? Pero peor era el padre, que comparaba al Sr. Flat con aquel repugnante chihuahua
de peluche. ¡Y encima decía que el perro era más bonito!

Pero la repelencia de Lidia y de su padre no era lo peor; lo peor fue que me sometieron a un interrogatorio. El Sr. Flat y yo nos moríamos de ganas de llegar a casa, pero antes tuvimos que afrontar un montón de preguntas absurdas. Al final, Lidia hizo la pregunta del millón, la que me hizo recordar que se me iba a caer el pelo.

Superamos el interrogatorio de Lidia y su padre, pero mis padres tampoco se quedaron cortos. Primero, dejé al Sr. Flat en mi habitación y enseguida volví al comedor para responder todas las preguntas que hiciera falta responder. Y fueron muchas. Entre Lidia, su padre y después mis padres, me pareció que estábamos en el Día Internacional del Interrogatorio.

¿Mantendrás ordenada la habitación?

¿Se puede saber dónde has estado?

¿Pero de dónde has sacado este muñeco?

¿Era este el muñeco que buscabas?

¿No crees que deberíamos meterlo en la lavadora?

¿Dónde lo has encontrado?

¿Y ahora te ha dado por volver a jugar con muñecos?

¿Ya has acabado los deberes?

¿Ya has acabado los deberes que tenías para mañana?

Fueron tantas las preguntas que me hicieron mis padres, y tan a saco, que no tuve más remedio que improvisar un monólogo larguísimo para responderlas todas. Dije alguna mentira, claro, más que nada para que mi monólogo no provocara un nuevo interrogatorio.

... A ver, el muñeco me lo regaló Emma, la bibliotecaria de la escuela. Se llama Sr. Flat y resulta que se ha convertido en mi muñeco de la suerte. Por eso no quiero que lo toquéis más. ¡Y si tengo que mantener la habitación ordenada, pues la mantendré ordenada!

... Estaba en casa de Lidia Lines, porque ella había comprado al Sr. Flat en la parada de la escuela. Y ahora, si no os importa, me voy a mi habitación a terminar los deberes. Sería una lástima que, por culpa de este interrogatorio, no pudiera entregar las redacciones.

Yo mismo me sorprendí de la cantidad de barbaridades que me inventé, pero tenía un buen motivo. Aun así, no triunfé del todo. Mis padres me obligaron a salir de la habitación para cenar. Sopa, tortilla y yogur. Todo en ocho minutos. Y mientras cenábamos, pensé en las redacciones. ¡Ya no me quedaba tiempo! Pero es que no había tenido ni un minuto de tranquilidad para pensar en ellas. Daba igual. ¡Había encontrado al Sr. Flat!

Por si alguien no se ha dado cuenta, aquí tenéis las tres mejores barbaridades de mi monólogo:

1. ¡Evidentemente, el Sr. Flat no era mi muñeco de la suerte!
2. ¡No estuve todo el rato en casa de Lidia!
3. ¡No tenía ninguna prisa por acabar los deberes! Simplemente quería leer con el Sr. Flat.

Cuando acabé de cenar, me fui otra vez a mi habitación. Y allí me encontré al Sr. Flat, bailando y cantando encima de mi mesa, junto a una carpeta de color azul.

10

UNA HABITACIÓN LLENA DE MONSTRUOS

El Sr. Flat me pidió que abriera la carpeta azul que había encima de la mesa. Lo hice y un poco más y me desmayo de la emoción. Dentro de la carpeta estaban todas las redacciones. Y cuando le pregunté cómo las había encontrado, se puso a bailar y, cantando, me explicó de dónde las había sacado.

¿Quieres una redacción?
¡Búscala con ilusión!
¿Quieres más redacciones?
¡Ponle más pasión!
Y un poco de magia,
para dar emoción.

El Sr. Flat cantando las ha buscado
y, por supuesto, ¡las ha encontrado!

¡Flat, Flat, Flat! ¡Soy el Sr. Flat!
¡Soy el monstruo de los libros
y amo la libertaaad!

Cuando acabó de cantar, el Sr. Flat me dijo que no me animara tanto. Teníamos la redacción que yo encontré (la del día que quería ser noche) y todas las que había encontrado él. Pero me faltaba una: la que debería haber entregado en clase aquel viernes. Así que me sacudí la pereza, agarré papel y un boli, y me puse a escribir.

Mientras intentaba escribir mi redacción, me di cuenta de que el Sr. Flat me miraba como si quisiera decirme algo, pero no me decía nada.

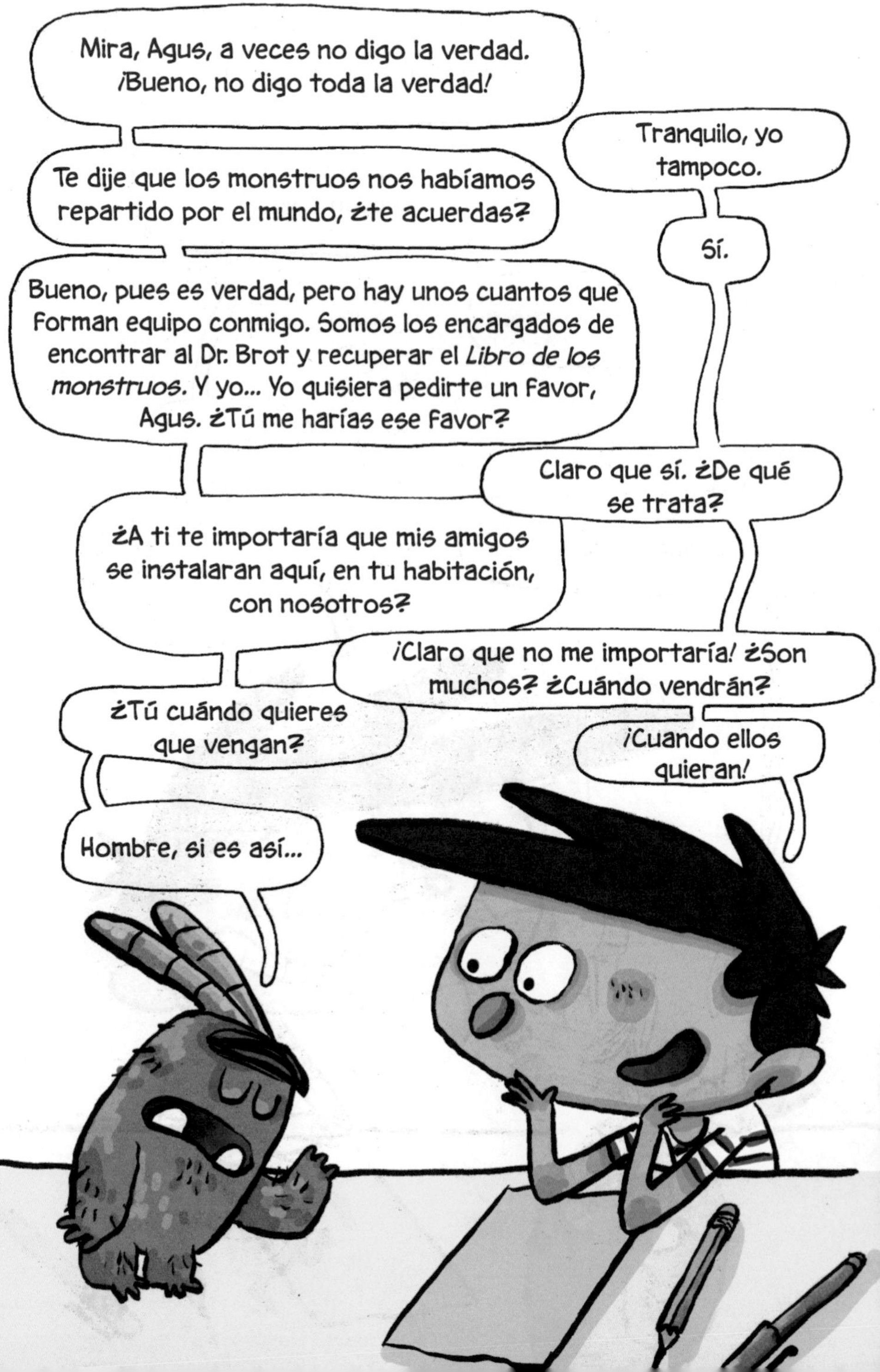

Mira, Agus, a veces no digo la verdad. ¡Bueno, no digo toda la verdad!
Tranquilo, yo tampoco.
Te dije que los monstruos nos habíamos repartido por el mundo, ¿te acuerdas?
Sí.
Bueno, pues es verdad, pero hay unos cuantos que forman equipo conmigo. Somos los encargados de encontrar al Dr. Brot y recuperar el *Libro de los monstruos*. Y yo... Yo quisiera pedirte un favor, Agus. ¿Tú me harías ese favor?
Claro que sí. ¿De qué se trata?
¿A ti te importaría que mis amigos se instalaran aquí, en tu habitación, con nosotros?
¡Claro que no me importaría! ¿Son muchos? ¿Cuándo vendrán?
¿Tú cuándo quieres que vengan?
¡Cuando ellos quieran!
Hombre, si es así...

Y lo que pasó a continuación fue alucinante. El Sr. Flat abrió la puerta de mi armario y, de repente, la habitación se llenó de toda clase de monstruos, de todos los tamaños y todos los colores. ¡¡¡MONSTRUOS, MONSTRUOS, MONSTRUOS!!!

El Sr. Flat me fue presentando a sus amigos, uno por uno. Fue muy extraño, porque, aunque no los conocía de nada, sentí como si fuéramos amigos de toda la vida.

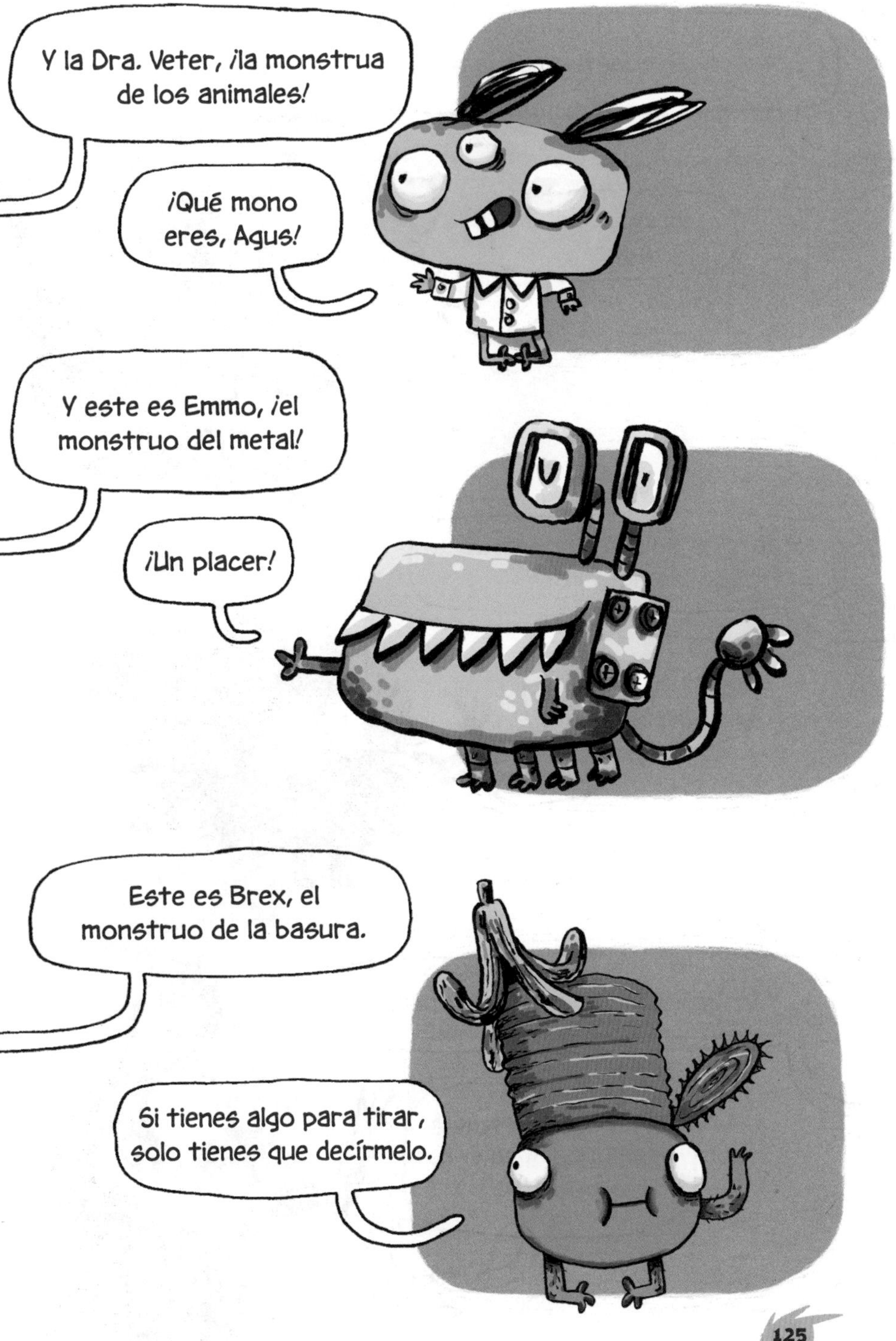
Y la Dra. Veter, ¡la monstrua de los animales!
¡Qué mono eres, Agus!
Y este es Emmo, ¡el monstruo del metal!
¡Un placer!
Este es Brex, el monstruo de la basura.
Si tienes algo para tirar, solo tienes que decírmelo.

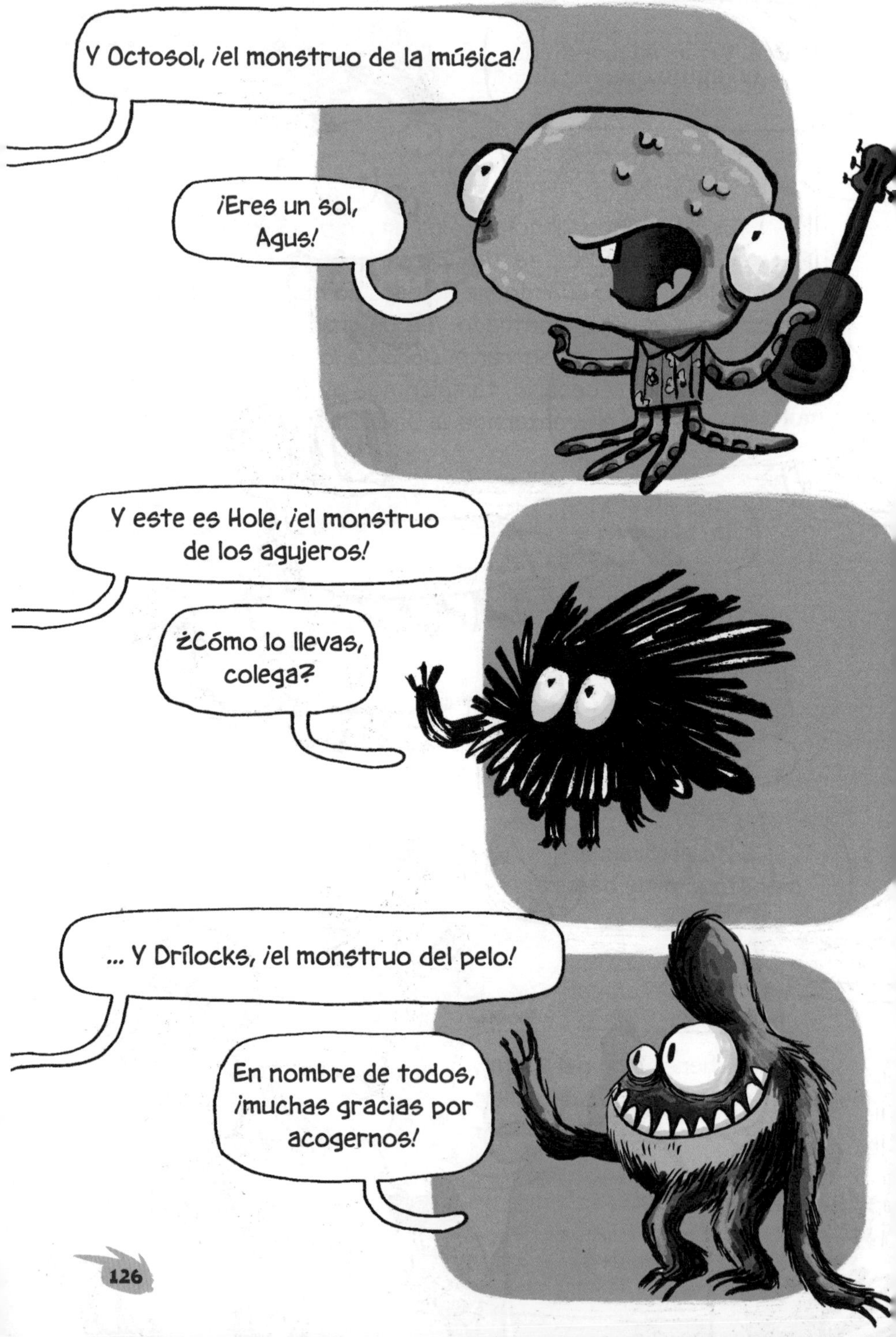
Y Octosol, ¡el monstruo de la música!
¡Eres un sol, Agus!
Y este es Hole, ¡el monstruo de los agujeros!
¿Cómo lo llevas, colega?
... Y Drílocks, ¡el monstruo del pelo!
En nombre de todos, ¡muchas gracias por acogernos!

Tras presentarme a todos los monstruos, el Sr. Flat me presentó
a mí y consiguió que me pusiera rojo.

¡Este es Agus Pianola! Es mi amigo y a partir
de ahora también será el vuestro. Es un poco
despistado, pero cuando me he perdido no ha parado
hasta que me ha encontrado. ¡Es un gran tipo, Agus!
Él nos ayudará a encontrar el *Libro de los monstruos*
y, si es necesario, también nos ayudará
a enfrentarnos al Dr. Brot.

Una vez hechas las presentaciones, los monstruos y yo nos sentamos en la cama. A mí me preocupaba mucho saber qué pasaría cuando mis padres entraran en la habitación.

Llamé a mis padres y, cuando entraron en la habitación, vieron a todos los monstruos bien puestos en una estantería. Les extrañó que tuviera todos aquellos muñecos, pero no sospecharon nada. Les dije que me los había dado Emma junto con el Sr. Flat.

Yo los encuentro horribles, pero si a ti te gustan...

Mientras tengas la habitación ordenada, ¡tú mismo!

Y, superada la prueba de mis padres, mientras yo escribía mi redacción, la habitación se convirtió en una fiesta.

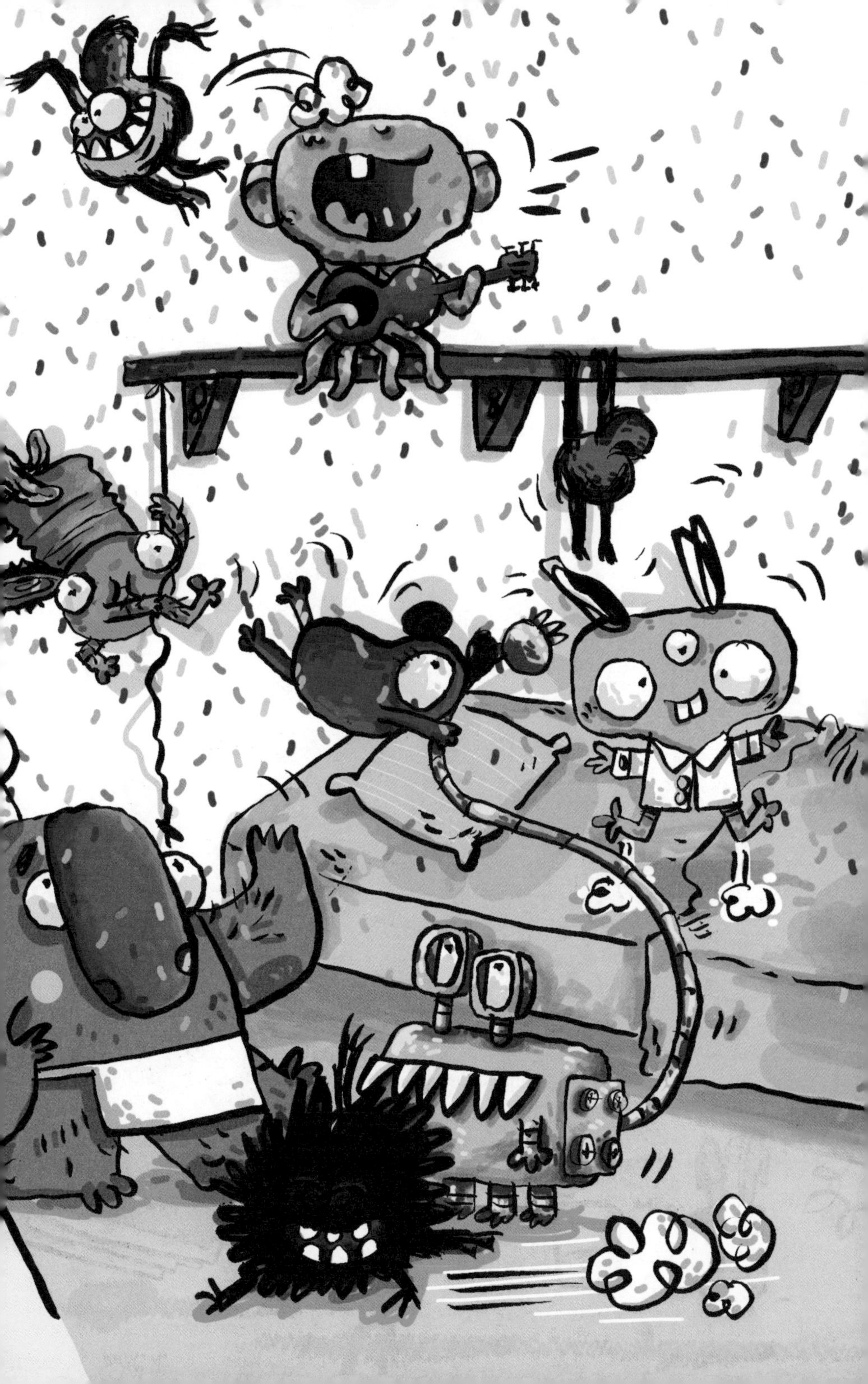

¡YA PUEDES IR CORRIENDO A BUSCAR LA NUEVA AVENTURA DE AGUS Y LOS MONSTRUOS!

Una habitación llena de monstruos,
un restaurante que es un desastre,
un plan maléfico del Dr. Brot...
¡y un montón de líos!

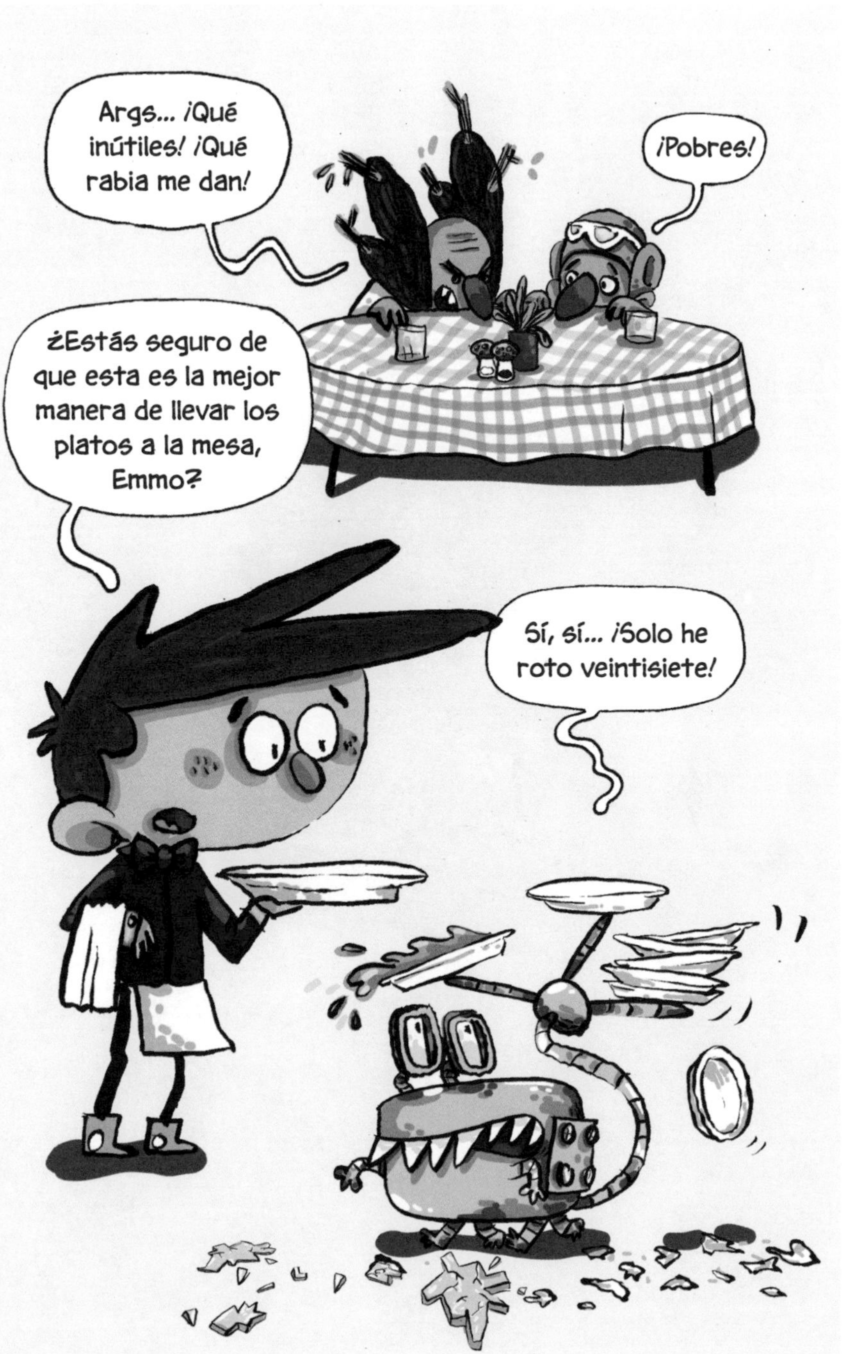
Args... ¡Qué inútiles! ¡Qué rabia me dan!
¡Pobres!
¿Estás seguro de que esta es la mejor manera de llevar los platos a la mesa, Emmo?
Sí, sí... ¡Solo he roto veintisiete!

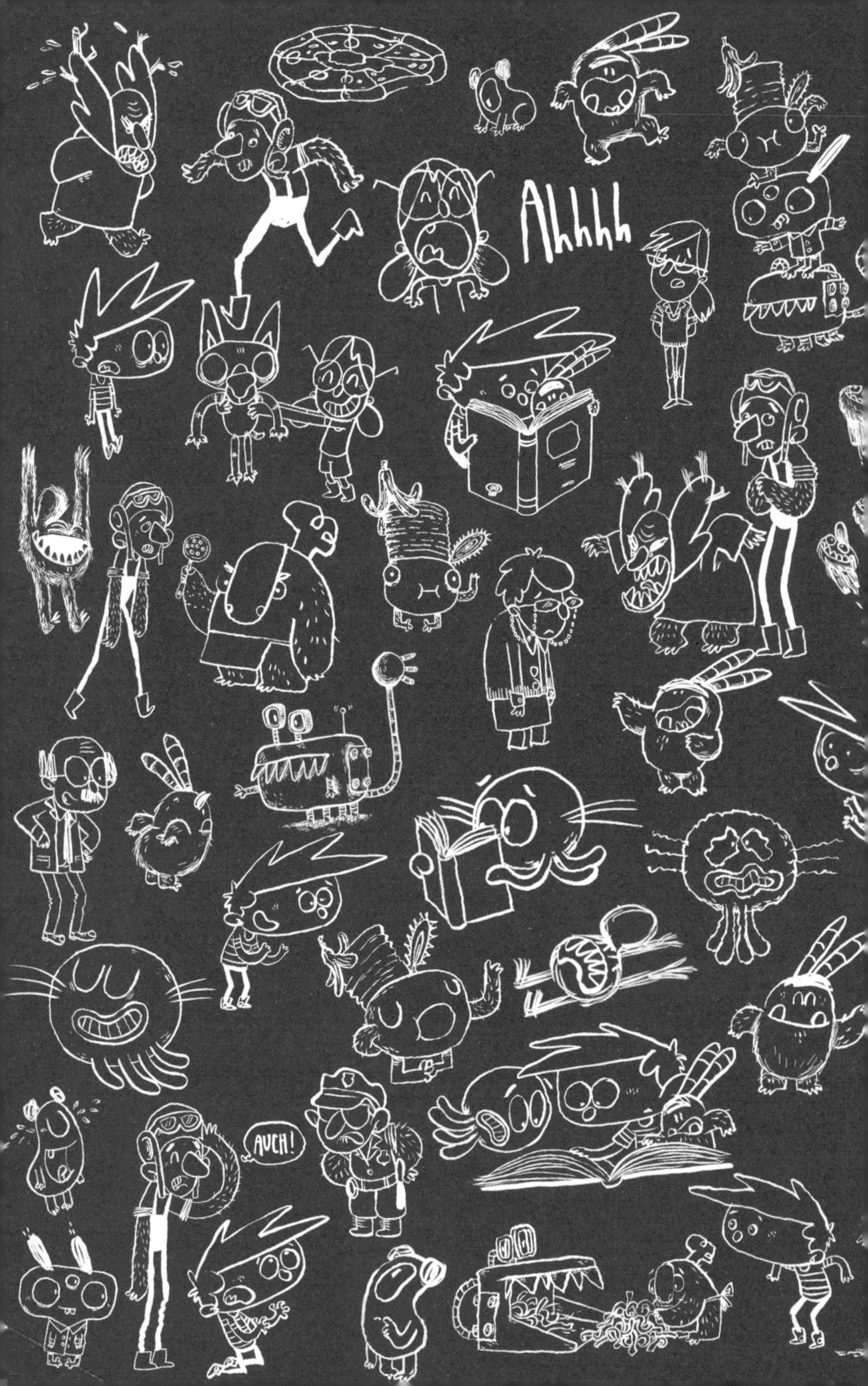
Ahhhh
AUCH!